A vida de Jesus
Livro Para Colorir Cristão

CH00864109

Publicado por Dmitri Dobrovolski

617764, Rússia, Território de Perm, Tchaikovsky, Lenin rua 73/1.

Email: dobrovolski.dl@gmail.com

www.christianlibrary.business.site[1]

Design de capa por Dmitri Dobrovolski

---

1.   http://www.christianlibrary.business.site/

Lucas 2:6-7

Lucas 2:28-32

Lucas 2:48

Mateus 3:16

Mateus 5:1

Marcos 5:41-42

Mateus 9:2

João 5:6

Marcos 10:16

Lucas 19: 5

Lucas 22:14-16

João 20:11

João 21:4-5

Lucas 24:51